Cinco razones por las que te encantará Isadora Moon:

¡Conocerás a la vamp-tástica y encant-hadora Isadora!

Su peluche, Pinky, ¡ha cobrado vida por arte de magia!

Toda la diversión de las atracciones, con brillo y mordisquitos.

¡Tiene una familia muy loca!

Te hechizarán sus ilustraciones en rosa y negro.

¿Qué es lo que más te gusta del parque de atracciones?

¡La montaña rusa, porque va muy rápido y da miedito!
– Zhakya

¡A mí me encantan los bastones de caramelo!
– Libby

¡Los espeluznantes trenes fantasma, porque son aterradores!
– Freya

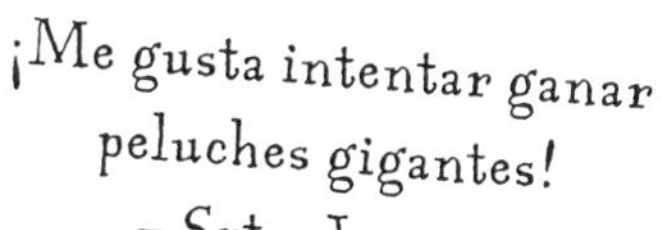

¡Me gusta intentar ganar peluches gigantes!
– Srta. Jarman

¡Esos perritos calientes que son tan grandes como tu brazo!
– Sienna

¡A mí me gusta el algodón de azúcar! Es tan esponjoso...
– Anna

Mi familia

Mi madre,
la condesa Cordelia
Moon

Bebé Flor de Miel

Mi padre,
el conde Bartolomeo
Moon

¡Yo!
Isadora Moon

Pinky

Papel certificado por el Forest Stewardship Council®

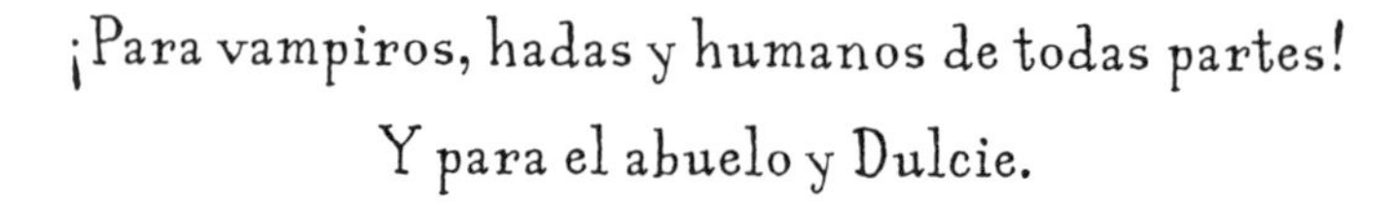
¡Para vampiros, hadas y humanos de todas partes!
Y para el abuelo y Dulcie.

Primera edición: abril de 2018
Título original: *Isadora Moon Goes to the Fair*

Publicado originalmente en inglés en 2018.
Edición en castellano publicada por acuerdo con Oxford University Press.

Printed in Spain – Impreso en España

ISBN: 978-84-204-8691-8
Depósito legal: B-2.910-2018

Compuesto por Javier Barbado
Impreso en Huertas Industrias Gráficas, S.A. Fuenlabrada (Madrid)

AL86918

Penguin
Random House
Grupo Editorial

ISADORA MOON

va al parque de atracciones

Harriet Muncaster

Traducción de Vanesa Pérez-Sauquillo

ALFAGUARA

Capítulo UNO

Era sábado por la mañana y el sol entraba por las ventanas de nuestra casa, llenándome de alegría y nerviosismo, como si algo interesante estuviera a punto de pasar.

—Me pregunto qué podrá ser —le dije a Pinky mientras bajábamos las escaleras para desayunar.

Pinky daba saltos a mi lado. Era mi peluche favorito hasta que mamá le dio vida con su varita mágica. Mamá puede hacer ese tipo de cosas ¡porque es un hada!

—Buenos días, Isadora —dijo papá bostezando mientras entraba por la puerta principal. Volvía de su vuelo nocturno. Papá es un vampiro, por eso se pasa la noche despierto y duerme durante el día. Entró en el recibidor y me di cuenta de que estaba pisando un papel de muchos colores que había en el felpudo.

—¿Qué es eso? —pregunté sacándolo de debajo de su reluciente zapato negro.

—Publicidad basura, probablemente —respondió papá.

Pero a mí no me parecía basura. Mientras le alisaba las arrugas vi que el papel era un póster grande y brillante con la foto de un carrusel en el centro. El carrusel estaba cubierto de lucecitas y daba vueltas bajo el cielo estrellado. Montados sobre elegantes ponis, había niños felices con esponjosas nubes de algodón de azúcar rosa en las manos. «¡PARQUE ESPECTACULAR!», decía entre exclamaciones el letrero curvilíneo y rosa encima del carrusel. «¡SOLO EL PRÓXIMO FIN DE SEMANA!».

—¡Guau, papá! —dije—. ¿Podemos ir? ¿Por favor?

—Hum... —murmuró papá mientras yo lo seguía hasta la cocina—. No lo sé. Pregúntale a mamá.

Mamá estaba junto a la mesa de la cocina, metiéndole en la boca cucharadas de yogur rosa con sabor a cereza a mi hermanita bebé Flor de Miel. Levanté el cartel para que lo viera.

—¡Mira, mamá! —dije—. ¿Podemos ir?

—¿Un parque de atracciones? —dijo ella, dudando—. Un parque de atracciones humano… No lo sé. Pregúntale a papá.

—¡Ya le he preguntado a papá! —repuse exasperada—. ¡Me ha dicho que te pregunte a ti!

—Ah —dijo mamá, echándole otra ojeada al cartel—. Pues…

—Por favor —supliqué.

—¿No preferirías ir a un parque de atracciones de vampiros? —preguntó papá—. A mí me encantaba ir a parques vampíricos con mis amigos cuando era pequeño. Aquellas fantásticas y escalofriantes atracciones a la tenue luz de las velas en lo profundo de la noche… Y riquísima comida roja. Mi atracción favorita era el lanzador de ataúdes.

—¿O a un parque de atracciones de hadas? —sugirió mamá rápidamente—. Los parques de hadas son encantadores. Todos llenos de flores y maravillosa naturaleza. A mí me gustaba montarme en las florecitas giratorias con mis amigos.

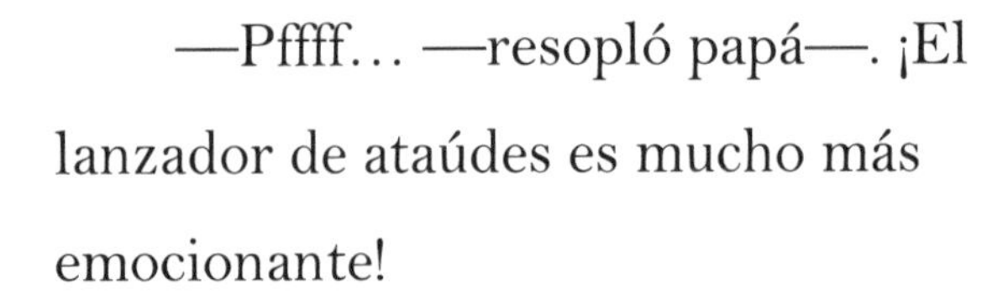

—Pffff… —resopló papá—. ¡El lanzador de ataúdes es mucho más emocionante!

—Pero no tan bonito —señaló mamá.

—Ay, es que a mí me gustaría mucho, muchísimo, ir al Parque Espectacular —dije—. Y solo está el fin de semana que viene. Por favor, ¿podemos ir? ¡Prometo que ordenaré toda mi habitación!

—A lo mejor —dijo mamá—. Lo pensaremos.

Cuando fui al colegio la semana siguiente pregunté a mis amigos si habían visto

que el Parque Espectacular había llegado a la ciudad.

—¡Yo vi un cartel cuando venía al colegio! —dijo Zoe—. ¡Voy a pedirle a mi mamá que me lleve!

—¡Yo quiero ir también! —añadió Bruno—. Le preguntaré a papá.

—¡Y yo! —dijo Jasper.

Todos mis amigos empezaron a hablar sobre el parque de atracciones con mucha ilusión.

—Yo quiero subir en la montaña rusa —comentó Sashi—. ¡He oído que da más de cien vueltas!

—¡Cien vueltas! —suspiró Bruno—. ¡Entonces me montaré seguro!

—Yo no —dijo Samantha temblando con cara de miedo—. Prefiero montar en las tazas que giran.

—Las tazas son un rollo —dijo Jasper—. ¡Los coches de choque y el tren fantasma son mucho más divertidos!

—¡Oh, sí! ¡El tren fantasma! —repitió Zoe, estremeciéndose de

alegría—. ¡Y podemos tomar algodón de azúcar y perritos calientes!

—¡Me encanta el algodón de azúcar! —gritó Sashi—. ¡Es como comerse una nube!

—¿Vas a venir, Isadora? —preguntó Zoe, mirándome—. Seguro que nunca has estado en un parque de atracciones humano.

—Es verdad —dije—. Y me apetece mucho ir. Tengo que volver a preguntarles a mamá y a papá.

Estuve pensando todo el día en cómo convencerles para que me dejaran ir, y cuando llegó la noche ya tenía toda una lista de cosas que podía hacer.

—Mamá —dije—, si me llevas al parque de atracciones, prometo que regaré tus bonitas plantas mágicas durante toda una semana. Y te ayudaré a cambiarle los pañales a Flor de Miel todos los días. Y le daré su biberón de leche rosa. E incluso me bañaré a partir de ahora en el estanque del jardín, para estar más cerca de la naturaleza.

Mamá se rio.

—Eres muy amable, Isadora —respondió—, pero…

—Y papá —continué—, te prometo que limpiaré todas tus cosas de plata especial vampírica. Y colgaré perfectamente mi capa junto a la puerta para que no se arrugue. Ordenaré mi cuarto. Y hasta puede que me cepille el pelo.

—¡Guau! —exclamó papá, sorprendido—. ¡Sí que debes de tener ganas de ir al parque de atracciones!

—¡Sí! —asentí, pensando en el reluciente carrusel, el algodón de azúcar y todas las lucecitas brillantes. Quería dar vueltas y vueltas en uno de esos ponis tan adornados, con la melena ondeando al viento.

—Pues… —dijo mamá—. Estaba a punto de decirte que habíamos decidido llevarte al parque de todas maneras. Pero ya que te has ofrecido a hacer todas esas cosas maravillosas por nosotros…

—¡… sería muy desconsiderado no aceptar! —terminó la frase papá—. Mis objetos de plata están preparados en el comedor. Pensaba limpiarlos esta noche, pero puedes hacerlo por mí. Solo son ciento noventa piezas.

—Y creo que Flor de Miel necesita un cambio de pañal —dijo mamá, olfateando el aire—. ¡También puedes hacerlo tú!

Miré con horror a mi hermanita, que balbuceaba en su trona. Yo nunca había cambiado un pañal.

—Esto... —dije, sintiendo que las mejillas se me ponían de color rosa fuerte.

Mamá y papá se echaron a reír.

—No te preocupes, Isadora —dijo mamá—. Estábamos bromeando.

—Aunque estaría muy bien que ordenaras tu cuarto —dijo papá.

—Sí, eso sería maravilloso —asintió mamá. Entonces frunció el ceño de pronto y se dio una palmada en la frente—. ¡Espera! —dijo—. ¡Se me había olvidado! ¡Tus primos llegan el próximo fin de semana! No podemos ir al parque de atracciones. Lo siento, Isadora, se me había ido completamente de la cabeza.

—Pero ¿no podríamos ir todos? —sugerí—. Seguro que Mirabella y Wilbur se lo pasarían bien.

—Pues… supongo que podemos preguntarles —respondió mamá—. Y al menos eso evitaría que tu revoltosa prima Mirabella hiciera travesuras…

—¡Qué bien! —exclamé con emoción, dándole un gran abrazo a Pinky—. ¡Me muero de ganas!

La mañana del día que íbamos al parque de atracciones me levanté muy tempranito y salí de la cama de un salto. Estaba nerviosísima.

—¿Cuándo van a venir Mirabella y Wilbur? —pregunté mientras me tomaba el desayuno.

—Llegarán por la tarde —respondió mamá, mirando el reloj—. Dentro de nueve horas, más o menos.

—¡Nueve horas! —repetí—. ¡Falta un siglo!

—Seguro que se te ocurrirá algo que hacer —dijo mamá—. ¿Por qué no ordenas tu habitación, como nos prometiste?

—Vaaale —suspiré.

Tardé un montón en ordenar mi habitación porque era aburridísimo. Las horas pasaban muy lentamente. Contemplé cómo el reloj hacía tic tac hasta la hora de comer, y luego hasta que llegaba la tarde.

—¿Cuánto falta ahora? —pregunté, mirando por la ventana de la cocina.

—Alrededor de una hora —respondió mamá, que estaba ocupada batiendo la crema de una tarta de fresa—. Puedes ayudarme a decorar la tarta si quieres.

Me puse junto a la mesa y esparcí murciélagos de azúcar y estrellas rosas por los remolinos de crema de la tarta, pero sin apartar el

ojo de la ventana. Por fin, vi que algo se movía afuera entre las nubes.

—¡Ya están aquí! —chillé dando un salto hacia la puerta principal y abriéndola entera. Dos figuras bajaban atravesando las nubes montadas en escobas. Mi prima Mirabella, medio bruja medio hada, y su hermano Wilbur, brujo y duende.

—¡Isadora! —gritó Mirabella, mientras aterrizaba en el suelo y echaba a correr para darme un abrazo.

Estaba claro que se había echado los perfumes brujiles

de su madre, porque olía fuertemente a mazapán y a bayas moradas.

—¡Qué ganas tengo de ir al parque de atracciones! —exclamó—. ¡Y Wilbur también!

—Supongo que sí —dijo Wilbur, encogiéndose de hombros como si fuera demasiado importante para ir a un parque de atracciones.

—No hemos estado nunca en un parque de atracciones humano —comentó Mirabella—. Pero mamá nos llevó una vez a uno de brujos. Fue superdivertido. Había una atracción chulísima de escobas voladoras, una carpa donde te adivinaban el futuro, un carrusel de calderos negros…

—Sí —asintió con la cabeza Wilbur, animándose un poco—. A mí lo que más me gustó fue el tobogán del gorro de brujo. Era un gigantesco gorro de brujo puntiagudo con un tobogán que bajaba dando vueltas a su alrededor.

—Espero que haya atracciones divertidas en este parque —continuó Mirabella—. Prefiero las que van rápido.

Entramos todos en casa y tomamos té con tarta mientras esperábamos a que papá se despertara. Como es un vampiro, duerme durante el día y se despierta al

anochecer. Cogí el póster del Parque Espectacular de mi cuarto y se lo enseñé a Mirabella y Wilbur.

—Sí que tiene pinta de divertido —comentó Wilbur—, aunque falta el tobogán de gorro de brujo.

—Pero, aun así, parece muy bonito y mágico —dijo Mirabella.

—Me recuerda mucho a los parques de atracciones de hadas a los que yo iba de pequeña —dijo mi mamá—. Vuestro padre y yo solíamos divertirnos mucho allí juntos. ¿Os ha llevado él alguna vez a un parque de hadas?

Wilbur y Mirabella negaron con la cabeza.

—Ah… —dijo mamá—. Conseguid que os lleve algún día. Son maravillosos.

Mamá empezó a recordar todas las cosas fantásticas de los parques de atracciones de hadas. Las flores giratorias, los cucuruchos con caramelos de violetas, las barquitas que tenían forma de hojas en el estanque… Siguió hablando sin parar hasta que papá entró en la cocina, bostezando y desperezándose.

—Buenas tardes —dijo—. ¡Hola, Mirabella! ¡Hola, Wilbur!

—¡Hola, tío Bartolomeo! —respondieron ellos.

En cuanto terminamos nuestro té y papá se bebió su zumo rojo, nos pusimos los zapatos y nos preparamos para ir al parque. Era una tarde cálida y yo estaba que explotaba de emoción al bajar por la calle hacia el centro de la ciudad. Mientras

caminábamos, les recordé a todos que era un parque de atracciones humano.

—Allí no habrá magia —comenté—, y nosotros tampoco debemos utilizar la magia.

—Claro que no —dijo Mirabella.

—¡Por supuesto que no! —dijo mamá, sacudiendo su varita en el aire—. ¡Comprendido! —pequeñas estrellitas brillaron en el cielo durante un minuto y después desaparecieron. Mamá las miró con alegría—. ¡Qué bonitas! —suspiró.

Señalé la varita.

—Me refiero a ese tipo de cosas —dije—. Tienes que esconder la varita en el bolso.

—Ah —dijo mamá—. Claro que sí —y la guardó apresuradamente.

—¡Bien! —exclamé, corriendo para adelantarme al grupo y dar la vuelta a la esquina. ¡Quería ser la primera en ver el parque de atracciones! Me imaginaba el parpadeo de las luces, carpas de rayas, preciosas y relucientes atracciones de colores alegres…, pero lo que vi me dejó congelada en el sitio.

—¿Es esto? —preguntó Wilbur, con tono de decepción.

—Yo diría que está un poco desastrado… —dijo papá, apretando los labios.

—No hay demasiada gente, ¿verdad? —comentó mamá.

zúcar
PARQUE
ESPECTACULAR

COCHES DE CHOQUE

Capítulo TRES

El aspecto del Parque Espectacular no era nada espectacular. De hecho, resultaba demasiado poco espectacular. Las carpas de rayas estaban grises y deshilachadas, las atracciones traqueteaban rechinando, la música estaba tan floja que apenas se oía y las lucecitas chisporroteaban dando chasquidos como si estuvieran a punto de apagarse. La gente que hacía funcionar las atracciones también parecía triste y gris. Tenían la cara llena de arrugas de preocupación.

—Ay, qué pena... —dijo mamá con tristeza.

Sentí cómo el corazón se me encogía de golpe. Me agarré a la mano de mamá durante un minuto, porque me empezaban a escocer los ojos. De pronto, ya no estaba segura de querer ir a un parque de atracciones humano, después de todo. Quizá tendría que haber escuchado a mis papás y haber ido a uno de hadas o de vampiros. Me avergoncé de haber llevado allí a toda mi familia.

—A lo mejor deberíamos volver a casa —sugerí.

—Qué tontería —dijo mamá, que siempre prefería mirar el lado bueno de las cosas—. ¡Si acabamos de llegar! Tampoco está tan mal, Isadora. Las atracciones solo

están un poco desgastadas. Nada que con un poco de magia no se pueda solucionar.

—¡Oh, sí…! —exclamó Mirabella frotándose las manos maliciosamente—. ¡Apuesto a que podemos hacer que este parque humano sea mucho más emocionante!

—¡No! —grité con preocupación—. Nada de magia, ¿recordáis?

PARQUE ESPECTACULAR

—De acuerdo —dijo mamá algo decepcionada—. Bueno, entremos de todas formas. Me apetece montar en las tazas.

—¡Las tazas! —se burló Mirabella—. ¡Yo creo que deberíamos ir a la montaña rusa! ¡O al tren fantasma!

A mí no me apetecía montar en ninguna de las atracciones, pero seguí a mi familia al interior del parque y a la montaña rusa. Al acercarnos pude ver que la pintura había perdido el color y estaba cayéndose a tiras.

—¡Por lo menos no tendremos que hacer cola! —dijo papá contento mientras se acercaba al hombre que había en la taquilla.

—Tickets para cinco, por favor —dijo.

El hombre parecía encantado.

—¡Cinco! —exclamó—. ¡Fantástico! ¡No hemos vendido tantos tickets en toda la noche!

—¿Por qué? —preguntó papá—. ¿No tenéis muchos visitantes?

—No tantos como antes —admitió el hombre.

—Qué pena —dijo mamá.

—Lo es —asintió él—. El problema es que tenemos que modernizar muchas de nuestras atracciones, pero últimamente no hemos tenido suficientes clientes para poder permitirnos ese gasto. ¡Y los visitantes no vienen porque las atracciones necesitan un buen arreglo! ¡Una mano de pintura! ¡Ya veis el lío en el que estamos metidos!

—Sí, ya veo —dijo papá, asintiendo—. Es el pez que se muerde la cola.

—¿El pez que se muerde la cola? —preguntó el hombre rascándose la cabeza.

—Sí, es otra forma de llamar al lío que tenéis —explicó papá.

—Ah —dijo el hombre—. Pues sí, es un buen pez que se muerde la cola. Espero que podamos encontrar una solución pronto, porque si no, tendremos que cerrar el parque. Sería una pena. Es una empresa familiar, ¿sabe? La comenzó mi bisabuelo.

Ha viajado por todo el país ¡y lleva funcionando casi cien años!

—¡Cielos! —exclamó mamá—. ¡Cien años!

—Pues, en ese caso... —dijo papá amablemente—, ¡montaremos dos veces!

Dejó el dinero en el mostrador y nos subimos todos a los vagones de la montaña rusa. Era la primera vez que montaba en una montaña rusa y estaba un poco nerviosa, así que abracé a Pinky con fuerza. Él se tapaba los ojos con las patas. Sonó una campanilla y de repente los vagones se sacudieron como si cobraran vida. Fueron rechinando y traqueteando por la vía hasta que llegaron arriba y se pararon.

—¡Esperad! —gritó el hombre desde abajo—. ¡Ha habido un error!

Oímos cómo toqueteaba algunos botones y después, de golpe, el tren salió disparado desde lo alto y empezó a caer en picado por los raíles. Hizo un giro completo en el aire y después se quedó parado en medio de la vía.

—¡Esto no me gusta! —dijo papá.

—Es una caca —asintió Mirabella.

—¡Pues para mí ya va bastante rápido! —dijo mamá, cerrando los ojos con fuerza.

—Hum… —dijo Mirabella con malicia—. Creo que esta atracción necesita un poquitín de ayuda.

Antes de que pudiera pararla, había sacado rápidamente un frasquito con una poción y salpicado con su contenido los raíles de la montaña rusa. Al momento, la pintura descascarillada empezó a arreglarse sola, los vagones desvencijados volvieron a ser nuevos y brillantes, pararon los chirridos y traqueteos, y de pronto nos deslizábamos suavemente por la vía a gran velocidad. Sentí cómo se me levantaba el pelo hacia atrás y se me revolvían las tripas.

—¡Yujuuu! —chilló Mirabella—. ¡Esto es mucho más divertido!

Después de dar dos vueltas al circuito, nuestro vagón se paró y todos nos apresuramos a bajar, con las piernas temblando.

—¡No sé lo que ha pasado! —le decía el taquillero a otro trabajador del parque de atracciones—. ¡La montaña rusa se ha transformado de golpe! ¡Mírala! ¡Está como nueva!

Miré enfadada a Mirabella y le recordé que era un parque de atracciones humano.

—En serio, no deberíamos hacer nada de magia —insistí.

—¡Ya lo sé, ya lo sé! —repuso Mirabella—, pero un poquito seguro que no importa.

—Sí —dijo mamá, de acuerdo con ella—. Por una pizca de magia no va a

pasar nada. Además, sinceramente, ¡esa montaña rusa era un peligro!

—Un poco sí —asintió papá—. ¡Y mirad qué contento está el taquillero!

Contemplé al señor y vi que sonreía de oreja a oreja. Parecía que iba a estallar de felicidad.

—Quizá incluso deberíamos hacer algunos arreglos aquí y allá —dijo mamá en voz baja—. Ya sabéis, para ayudarlos un poco.

—Me parece muy bien —dijo papá.

—¡A mí también! —gritó Mirabella, entusiasmada.

—¡Y a mí! —exclamó Wilbur.

—Hum... —titubeé. No estaba segura de que fuera una buena idea. Los seres humanos no están acostumbrados a la magia. Podría asustar a los visitantes, en vez de atraerlos hacia el parque.

—¡Voto por ir a las tazas que giran! —dijo mamá—. Es una atracción tan elegante…

—Tan aburrida, más bien… —susurró Wilbur mientras íbamos hacia allá.

Papá compró los tickets y nos sentamos repartidos en tres de las tazas que había. La cuarta estaba rota: tenía una grieta grande en un lateral. La atracción se puso en marcha y empezamos a dar vueltas lentamente, entre chirridos y sacudidas.

—Es encantador —dijo mamá.

—Aburridísimo —bostezó Wilbur. Le vi mover las manos como hacen los magos. Le salieron chispas de los dedos.

—¿Qué estás haciendo? —le pregunté en voz baja.

—Ayudar un poco —respondió Wilbur. De pronto, empezamos a dar vueltas tan rápido que todo se volvió borroso alrededor de mí y comencé a marearme.

—¡Wilbur! —gritó papá—. ¡Deshaz ese hechizo inmediatamente!

—¡Cuando hablábamos de arreglar las atracciones no nos referíamos a esto! —dijo mamá, mientras se le volaba la corona de flores de la cabeza.

A través del borroso torbellino, vi que las manos de Wilbur trabajaban para deshacer el hechizo. Por fin, las tazas volvieron a moverse lentamente y continuaron sus sacudidas y chirridos. Ahora que ya podía ver con claridad, pude ver que el señor que manejaba la atracción nos miraba con la boca abierta. Abría y cerraba los ojos, y sacudía la cabeza con confusión.

—Dejad que lo haga yo —dijo mamá, sacando su varita y haciendo un pequeño movimiento que llenó de chispas el aire a nuestro alrededor. De repente pararon los chirridos y las sacudidas y empezamos a dar vueltas como si todo estuviera engrasado a la perfección. La grieta de la taza se arregló sola instantáneamente.

—Mucho mejor —dijo mamá—. Añadiría solo una mejora más.

—¡No! —grité—. ¡Ya hemos hecho demasiado!

Pero mamá ya había sacudido la varita y de pronto, en vez de tazas, estábamos sentados en flores de verdad,

gigantescas, perfumadas, que daban vueltas con delicadeza y sonaban con una música preciosa de campanillas.

—Mucho más ecológico y natural —sonrió mamá alegremente.

—Las «tazas» nuevas eran maravillosas y el taquillero parecía encantado, pero yo seguía sintiendo inquietud por usar la magia en un parque de atracciones humano.

—¡Deja de preocuparte, Isadora! —dijo Wilbur—. ¡Relájate!

Pero me di cuenta de lo roja que se le había puesto la nariz.

—¡At… chís! —estornudó—. ¡AT… CHÍS!

—¡Oh! ¡Socorro! —gritó papá de pronto, saltando fuera de su flor—. ¡Vienen abejas! —se cubrió con su capa y se quedó agachado en el suelo.

—¡Las abejas no te van a hacer daño! —canturreó mamá mientras contemplaba cómo venían zumbando hacia las flores cada vez más y más abejas—. ¡Son una parte muy importante de la naturaleza!

Pero Mirabella, Wilbur y yo también salimos de nuestra flor de un salto y nos quedamos en la hierba, lejos de las enormes flores y de sus abejas.

—¡At… chís! —estornudó Wilbur otra vez—. Creo que esta atracción ha despertado mi alergia primaveral.

—¡Mamá! —grité—. ¡Tienes que deshacer tu hechizo!

—Pero ¿por qué? —preguntó mamá—. Las flores son tan bonitas… ¡Míralas!

—Las abejas... —gimoteó papá bajo su capa—. Las abejas...

Mamá levantó la vista hacia el cielo con irritación y sacudió la varita. Las flores volvieron a convertirse en tazas normales y corrientes, pero ahora parecían nuevas. Suspiré con alivio y papá se asomó fuera de su capa.

—¿Podemos dejar ya de hacer magia? —pregunté mientras nos alejábamos de la atracción.

—Sí, claro —dijo papá distraído—. ¡Oh, mirad! ¡Los coches de choque!

—¡Mis favoritos! —exclamó Wilbur.

—¡Y los míos! —dijo Mirabella, cogiendo un coche oxidado y entrando en él de un salto. Empezó a conducirlo a toda velocidad, chillando de alegría cada vez que conseguía chocar contra Wilbur.

—¡Eh, Mirabella! —gritó su hermano—. ¡Tranquilízate!

—¡Sí, ten cuidado! —le dijo papá, que conducía con atención por el borde de la pista, dejando siempre el paso a los demás y manteniéndose a la derecha.

—¡Qué divertido! —gritó Mirabella mientras salía disparada hacia Wilbur y le daba un golpe tan fuerte que el sombrero de brujo le cayó sobre los ojos.

—¡Ya te digo! —dijo Wilbur, haciendo una curva con forma de U para chocar con Mirabella por detrás—. ¡Te di, Mirabella!

—¡Y yo os di a los dos! —se rio mamá, que estaba sentada a mi lado sujetando el volante. Pasó zumbando a toda velocidad, chocando con ambos coches y después fue directa hacia papá, que se deslizaba con elegancia, evitándolos a todos para que ninguno chocara contra él y le despeinara. Mamá le dio un toquecito por detrás.

—¡Qué divertido! —exclamó con alegría.

—¿Sabéis qué lo haría más divertido todavía? —dijo papá mientras se alisaba el pelo para recolocar hacia atrás su perfectamente perfecto tupé—. Estos coches mejorarían mucho si tuvieran alas de murciélago y pudieran volar.

—¡Oh, no! —repuse—. Dijiste que no haríamos más magia. ¡Dejémoslos como están!

—¡Pero con alas de murciélago serían increíbles! —dijo papá—. ¡Coches de

murciélagos vampíricos! Oh, venga… ¡Solo un pequeño hechizo más!

—¡Hagámoslo! —gritó Mirabella mientras su coche pasaba rechinando junto a nosotros. La vi soltar el volante y sacar de nuevo su kit de pociones. Mezcló algo a la velocidad del rayo y lo echó por el aire. Los coches de choque se

transformaron en elegantes coches negros con alas de murciélago y empezaron a levantarse del suelo.

—¡Bieeeen! —chilló Mirabella, persiguiendo a Wilbur—. ¡Voy a por ti!

—¡No si te alcanzo yo primero! —gritó Wilbur.

Cuando se nos acabó el tiempo en los coches de choque, una pequeña multitud se había reunido alrededor de la atracción. No eran solo trabajadores del parque, sino también gente que pasaba. Todos contemplaban los coches de choque maravillados. Distinguí en la multitud a algunos de mis amigos del colegio, y les saludé.

—¡Yo quiero subir en esos! —escuché que decía Bruno.

—¿Lo ves? —dijo mamá, dándome palmaditas en el brazo mientras caminábamos—. Un poco de magia no es malo. ¿Has visto la cantidad de visitantes que está llegando?

—Supongo que tienes razón —dije, un poco menos preocupada—. ¿Podemos ir a tomar ya algodón de azúcar?

Fuimos andando hasta el puesto de comida, que olía a perritos calientes y a azúcar quemado. Mamá nos dio un palo de algodón a cada uno. ¡Sabía a nube!

—¡Qué rico! —dije, mordiendo la esponjosa masa, que se derritió inmediatamente en mi lengua.

—¿Sabéis qué le hace falta a este algodón para que sea más emocionante? —dijo mamá, sacudiendo la varita antes de que ninguno pudiera decir nada—: ¡Cambiar de sabor con cada bocado!

Cayó una lluvia de chispas sobre nosotros y cuando volví a morder mi algodón, sabía a pastel de cerezas.

—¡Ohhh! ¡Toffee! —gritó Mirabella.

—¡Tarta de chocolate! —dijo Wilbur.

—Huevas de rana —comentó papá, arrugando la nariz.

—Oh —dijo mamá—. Espera —sacudió la varita otra vez.

—¡Zumo rojo! —exclamó papá—. ¡Mi favorito!

Contemplé el cielo, que empezaba a oscurecer, y las lucecitas que chasqueaban y chisporroteaban por todo el parque.

Algunas bombillas estaban rotas. Después de toda la magia que habíamos hecho ya, por arreglar las luces no iba a pasar nada... ¿Por qué no iba yo a ayudar también un poquito?

—¿Puedo intentar arreglarlas? —pregunté.

—Buena idea —dijo papá.

Cerré los ojos con fuerza y sacudí la varita sobre mi cabeza, lanzando al aire una lluvia de chispas. Las luces rotas empezaron a parpadear y a brillar, y los chasquidos y el chisporroteo pararon.

—Maravilloso, Isadora —dijo mamá.

Entonces tuve otra idea irresistible. Volví a mover la varita y esta vez las luces cambiaron de forma. Ahora eran estrellas, lunas y murciélagos.

—¡Qué bonito! —exclamó Mirabella.

Sentí que la cara también se me encendía, de orgullo, y se me ponía de color rosa.

—Creo que ahora deberíamos ir a esa cosa que da vueltas —dijo Wilbur señalando una atracción que iba muy rápido y se parecía un poco a una araña. Zumbaba dando vueltas y vueltas como

un velocísimo carrusel, con un coche al final de cada brazo.

—Ejem... Pinky no quiere montarse ahí, así que me voy a quedar aquí con él —dije.

—Yo también —dijo mamá.

Nos acercamos a la atracción y vimos a Mirabella, Wilbur y papá subir en los cochecitos. La máquina se puso en marcha y contemplamos cómo se elevaban por el aire y empezaban a girar. Dieron vueltas y vueltas, con el pelo levantado hacia atrás. De pronto, vimos que una nube de polvo mágico explotaba en el cochecito de Mirabella y toda la atracción se convertía de golpe en un carrusel de escobas. Mi familia ya no iba encima de un coche, sino que montaba a horcajadas en escobas que daban vueltas por el aire, cada vez más alto. Ya no estaban ni enganchadas a la máquina. Oí que Mirabella chillaba de

alegría y la música de la atracción empezaba a retumbar por todo el parque.

—Oh —dijo mamá—. ¡Tendría que haber sospechado que Mirabella iba a hacer algo!

Cuando la atracción se paró, había a su alrededor una multitud de gente todavía más grande.

—¡Halaaa! —exclamaban—. ¡Queremos subir!

El taquillero estaba sorprendido, pero se puso muy contento cuando empezó a vender tickets para el siguiente turno. De pronto, ya no me importaba que estuviéramos haciendo magia, aunque el parque dejara de ser un verdadero parque de atracciones humano. Me sentía bien de haber podido ayudar a los que trabajaban allí. Sentía un hormigueo de emoción y de orgullo por todo el cuerpo. ¡Quería hacer más! Apunté con mi varita a la montaña rusa y lancé una lluvia de chispas hacia ella. Empezaron a salir fuegos artificiales por detrás del tren mientras este rodaba a toda velocidad. Purpurina de todos los colores y destellos se elevaban por el cielo como burbujas de gas.

—Qué detalle más bonito, Isadora —dijo mamá—. ¡Creo que estamos mejorando mucho el parque!

—¡Sí! —exclamé, contenta.

—¿Ahora, adónde vamos? —preguntó Wilbur.

—¡Al carrusel! —grité.

—Buena idea —dijo papá—. ¡Será mejor que lleguemos allí antes de que empiece a haber cola!

—No creo que vaya a haber cola... —dijo mamá conforme nos acercábamos al carrusel, que estaba en medio del parque. Unos caballitos tristes y desgastados subían y bajaban en sus postes mientras el carrusel giraba con lentitud tocando una melodía que se paraba continuamente en la misma nota una y otra vez.

—Vaya —dijo papá—. Esta atracción necesita un poco de ayuda.

—¡Yo lo haré! —dije, saltando con emoción—. ¡Dejadme probar!

Cerré los ojos y sacudí la varita. Cuando los abrí, los caballitos se habían transformado en grandes y brillantes unicornios y en centelleantes dragones con escamas en las alas. La música se volvió alegre y vivaz.

—¡Impresionante! —exclamó mamá—. ¡Bien hecho, Isadora!

—¡Qué bonito! —dijo papá.

Todos corrimos hacia el carrusel. Yo elegí un unicornio rosa que tenía el pelo de las crines y la cola largo y suelto, y me subí a él de un salto. Pinky se sentó orgullosamente delante de mí. Y empezamos a dar vueltas. Pero ocurrió algo. Los animales comenzaron a

moverse. Mi unicornio se puso a golpear los cascos contra el suelo y, de pronto, con poste y todo, brincó fuera del carrusel y siguió dando saltos arriba y abajo por el parque. Mamá, papá, Mirabella y Wilbur me siguieron. Pasamos por todas las atracciones, dejando en nuestros saltos por el aire un rastro de estrellitas brillantes. La gente nos miraba volar a su alrededor y sacaba los móviles para tomar fotos y llamar a sus amigos.

—¡Venid al parque! —gritaban—. ¡No os lo vais a creer!

Al final, los animales volvieron al carrusel y se subieron a él de un salto,

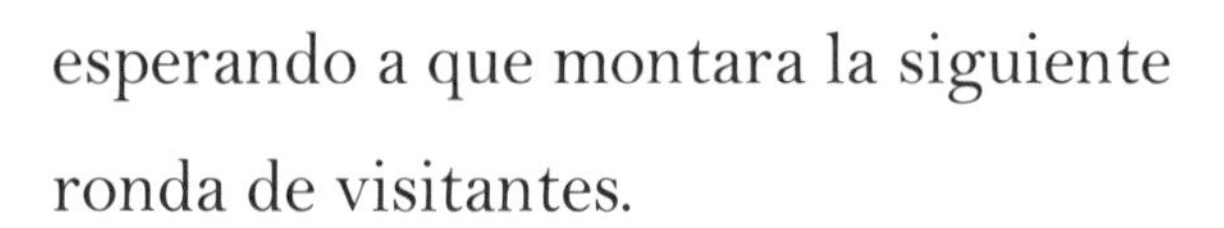

esperando a que montara la siguiente ronda de visitantes.

—Ha sido increíble —dijo Mirabella.

—¡Mi favorito! —dije yo.

Ahora había una enorme cola de gente que quería subir al carrusel y el parque se

estaba llenando de gente. Pude ver a mi amiga Zoe subiéndose al unicornio. La saludé y Zoe me devolvió el saludo.

—Creo que ya hemos hecho bastante —dijo mamá—. Deberíamos dejar de hacer magia ya.

—Sí —coincidió papá—. Mejor que no nos pasemos. Vamos a pasárnoslo bien nosotros. ¿Qué os parece si subimos al tren fantasma?

—¡Me encanta! —dijo Mirabella.

Hicimos la cola para subir y, mientras esperábamos, noté un destello especial en los ojos de mi prima. En cuanto nos subimos al tren, empezó a buscar algo dentro de su bolsillo.

—¿Qué estás haciendo? —le pregunté mientras el tren se ponía en marcha y avanzaba por la pequeña vía, pasando monstruos de mentira que saltaban entre las sombras.

—Solo una cosa más —dijo Mirabella—. La última, lo prometo.

Vi que mezclaba algo y lo lanzaba a los monstruos que íbamos dejando atrás.

—Es para que el paseo sea un poquito más interesante —explicó.

Pero «interesante» no era la palabra que yo habría usado. Cuando nuestro tren llegó al final del túnel y salió, la gente corría y gritaba. Estaban aterrorizados. Entonces vi lo que Mirabella había hecho.

Los monstruos, que antes eran de mentira, se habían vuelto de verdad y habían salido del tren fantasma para desperdigarse por el parque de atracciones, ¡persiguiendo a la multitud!

Capítulo CINCO

—¡Corred! —gritaban todos—. ¡Monstruos!

—¡Oh, Mirabella! —gimió papá, llevándose las manos a la cabeza—. ¿Qué has hecho?

—¡Lo mismo que Isadora hizo con el carrusel! —se defendió Mirabella, pero me di cuenta de que ya no estaba

demasiado
segura.

—¡Pues
te has pasado!
—dijo papá—.
¡Mira cómo la gente
se va corriendo! ¡Has destrozado el buen
trabajo que habíamos hecho!

Vimos cómo los monstruos invadían el parque. A mí no me parecían peligrosos, solo inquietos y curiosos. Ya no les interesaba la gente, sino las luces brillantes de los puestos de comida. Estaban hambrientos y empezaron a devorar perritos calientes, palomitas, donuts y algodón de azúcar de todos los sabores.

—¡Parad! —les gritó el dueño del puesto—. ¡Que alguien me ayude! —parecía desesperado.

—¡Debemos detenerlos! —exclamó Wilbur—. ¡Hay que pensar en algo!

—¡Tengo una idea! —dijo mamá—. Sacudió la varita y salió de ella una enredadera. La ató haciendo un lazo como el de los rodeos. Después hizo seis más.

—¡Coged esto! —dijo, dándonos uno a cada uno—. ¡Vamos a intentar atrapar a los monstruos!

Cogimos nuestros lazos y nos echamos a correr por el parque. Era un caos. La gente huía y gritaba, y había palomitas y perritos calientes volando por el aire. Yo me apresuré hacia el puesto de comida y lancé el lazo, pero los monstruos me habían visto llegar. Se echaron a reír (les pareció un buen juego) y se escaparon corriendo, dispersándose por el parque y subiéndose a las atracciones.

—¡Oh, no! —gritó mamá—. Creo que necesitamos un plan mejor.

Empecé a batir mis alitas de murciélago y me elevé por el aire. Intenté cazar a otro monstruo que estaba trepando por el lateral de la montaña rusa, pero era demasiado fuerte. Acabé siendo arrastrada por el aire, porque el monstruo agarró mi enredadera y tiró de mí. Necesitaba volar encima de algo. Algo más resistente.

—¡El carrusel! —grité, quitándole el lazo al monstruo y volando hacia mi atracción favorita.

Aterricé en el lomo de un pegaso y tiré suavemente de las riendas. La criatura mágica saltó fuera del carrusel y empezó a elevarse por el aire, sacudiendo sus

preciosas alas. Debajo de mí, su cuerpo parecía fuerte y sólido. Por el rabillo del ojo, vi que Wilbur se subía a lomos de un dragón. Mientras nos elevábamos, vi a papá dirigiéndose a toda velocidad hacia la casa de los espejos en un coche de choque negro con alas de murciélago, mientras que Mirabella se había montado en una de las escobas voladoras. Dimos una vuelta volando por encima del parque.

La gente nos miraba desde abajo con la boca abierta. Hice girar por el aire mi lazo y atrapé con suavidad a uno de los monstruos que se había subido al tejado del carrusel. Soltó un agudo chillido, con cara de sorpresa. Mirabella le dio vueltas al suyo y se lo echó a un monstruo que se había escondido detrás del puesto de algodón de azúcar. Wilbur cazó a otros dos ocupados en escalar el lateral de la montaña rusa. No nos llevó mucho tiempo atraparlos a todos y enseguida los juntamos en mitad del parque. Mamá y papá salieron corriendo de la casa de los espejos con un monstruo más, atrapado en su enredadera.

—¡Qué lugar tan fascinante! —oí que decía papá—. ¡Tiene más espejos de los que podrías imaginar!

—Pero no era el mejor momento para que te pararas a peinarte, ¿verdad? —dijo mamá, un poco molesta.

Los monstruos no parecían nada terroríficos. De hecho, estaban un poco asustados. Me dieron pena.

—¡No os van a hacer daño! —le dije a todo el mundo—. Solo estaban jugando.

—Aunque no ha estado bien que devorarais toda la comida sin pagar —dijo papá, mirando a los monstruos con severidad—. ¡Podríais compensarlo ayudando a los trabajadores del parque!

Los monstruos parecían entusiasmados con la idea.

—Podríais ayudar a vender tickets y palomitas —propuse—. Mirad la cantidad de gente que hay. Seguro que al parque le vendría bien una ayuda extra.

—¡Claro que sí! —asintió uno de los taquilleros—. ¡Sería maravilloso!

Los monstruos parecían encantados de echar una mano. Fueron dando brincos con entusiasmo hasta las diferentes atracciones para ayudar a vender los tickets. Algunos de ellos empezaron a recoger basura y a meterla en bolsas. Otros volvieron al tren fantasma para darle más emoción.

—¡Esto es fantástico! —le dijo a papá el dueño del parque—. ¡Nos habéis salvado, capturando a todos esos monstruos! ¡Temíamos que íbamos a perder a todos los nuevos visitantes!

—¡No creo que eso ocurra ya! —dijo mamá mirando a su alrededor.

El parque estaba a reventar de gente. De cada atracción salía una cola haciendo eses. Los niños gritaban y reían con alegría. Brillaban las lucecitas, sonaba la música y me di cuenta de pronto de que el parque ya sí que se parecía al del cartel. Sentí que la felicidad me recorría el cuerpo entero.

—Nos habéis ayudado muchísimo —continuó diciendo el hombre—. Os estamos muy agradecidos.

—Oh, no ha sido nada —dijo papá, sacudiendo la mano en el aire, para quitarle importancia.

COCHES DE CHOQUE

—Ha sido un placer —sonrió mamá—. Aunque debéis saber que la mayoría de esta magia es temporal. Me temo que los animales del carrusel y los monstruos no durarán para siempre.

—¡No se preocupe! —dijo el señor—. Esta noche conseguiremos suficiente dinero para hacer todos los arreglos que necesitan nuestras atracciones, ¡y más! ¡El Parque Espectacular volverá a ser espectacular!

—¡Excelente! —dijo papá.

—Me alegro mucho —dijo mamá.

—Nos gustaría agradecéroslo como es debido —dijo el señor—, así que elegid el premio que más os guste para llevaros a casa —señaló el puesto donde había un montón de peluches enormes.

—¡Oh, qué bien! —dijo papá, llegando inmediatamente hasta allí de un brinco y poniéndose a examinar los muñecos. Lo seguí y apunté con el dedo a un gran monstruo peludo.

—¿Puedo llevarme ese, por favor?

—¡Por supuesto! —respondió el dueño del parque, bajándomelo con un gancho. Pinky empezó a dar saltos a mi lado. Me di cuenta de que se había puesto un poco celoso.

—¡Aquí hay uno para Pinky! —dijo mamá, dándole el diminuto monstruo de peluche de un llavero. Tenía el tamaño perfecto para él y Pinky sacudió las orejas de la emoción.

Justo entonces, vi a Zoe que se abría paso hacia mí entre la gente, tirando de su mamá.

—¡Isadora! —gritó—. ¿Has visto el carrusel? ¡Tiene un unicornio!

—¡Sí! —respondí—. ¡Es mi atracción favorita! ¿Nos montamos juntas?

—¡Me encantaría! —dijo Zoe.

Me cogió de la mano y volvimos a meternos en la multitud, con Pinky dando saltos a mi lado y mi familia siguiéndonos de cerca. Había una cola larga para subir al carrusel, pero daba igual. Comimos perritos calientes y algodón de azúcar de todos los sabores mientras esperábamos, y después Zoe y yo nos montamos de un salto en el unicornio. Mirabella y Wilbur se subieron en el dragón, peleándose por quién iba delante, y papá y mamá eligieron un pony con alas. La música se puso a sonar y comenzamos a girar. Dimos vueltas y vueltas, con el pelo ondeando en la brisa y las lucecitas destellando ante nuestros ojos. Daba igual que el parque de atracciones en el que nos encontrábamos fuera humano o mágico, me sentía feliz de estar allí con mi familia y mis amigos, girando y dando vueltas bajo el cielo estrellado. Igual que los niños del cartel del Parque Espectacular.

¡Magdalenas para vampiros y hadas!

Necesitarás un ayudante, así que asegúrate de que algún adulto te echa una mano.

★ Precalienta el horno a 180 °C.

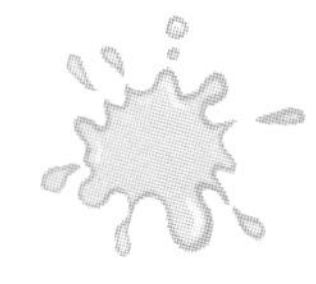

★ En un bol grande, mezcla 100 g de margarina con 90 g de azúcar extrafino.

★ Añade 2 huevos y una cucharadita de esencia de vainilla.

★ Añade 100 g de harina de repostería y una cucharadita de levadura en polvo.

★ Remueve hasta que todos los ingredientes queden bien ligados, y después echa una cucharada de la mezcla en cada uno de los doce moldes para magdalenas.

★ Antes de llenar del todo cada molde, haz un hoyito en la mezcla con una cucharita o el dedo bien limpio y rellénalo con un poco de mermelada de fresa.

★ Corona la masa con otra cucharada de la mezcla, y después hornea las magdalenas entre 8 y 10 minutos. Cuando estén doradas, sácalas del horno y deja que se enfríen sobre la rejilla.

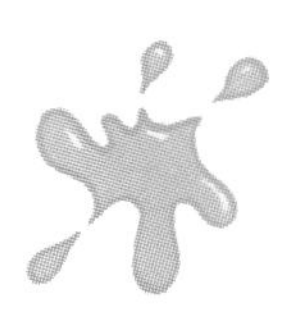

★ Cuando estén ya frías, pon en la parte superior de cada magdalena una gotita de mermelada de fresa. También puedes dibujar unos colmillos con fondant blanco, colocar unos de gominola o incluso unos de plástico que puedas usar luego.

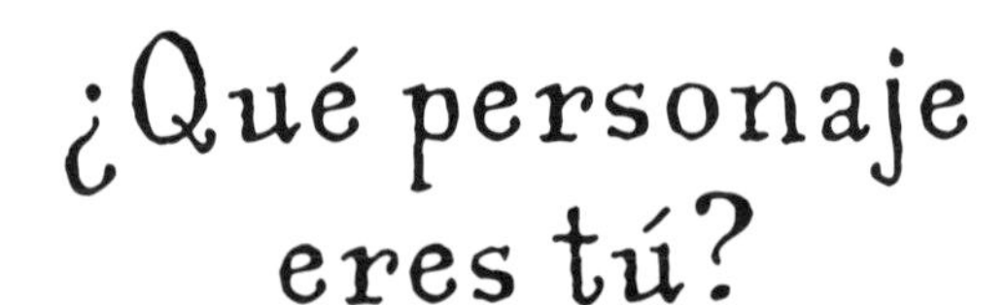

¿Qué personaje eres tú?

¡Haz el test para descubrirlo!

¿Cuál es tu atracción favorita?

A. La montaña rusa gigante, ¡con vueltas y más vueltas!

B. El carrusel, sobre todo el unicornio.

C. El tobogán en espiral.

¿Qué prefieres?

A. Una bolsa llena de chuches.

B. El algodón de azúcar.

C. Un perrito caliente.

Si pudieras hacer magia en un parque de atracciones...

A. Haría que todas las atracciones fueran superrápido.

B. Lo transformaría por completo para que todo fuera mágico.

C. Haría aparecer un tobogán con forma de gorro de brujo.

Resultados

Mayoría de respuestas A:

¡Eres Mirabella! Tienes un sentido de la diversión un poco travieso y eres una amiga genial.

Mayoría de respuestas B:

¡Eres Isadora! Tienes una imaginación fascinante y eres una amiga muy generosa.

Mayoría de respuestas C:

¡Eres Wilbur! Eres atrevido y divertido, y te encanta pasártelo bien.

Isadora Moon va al colegio:

A Isadora le encantan la noche, los murciélagos y su tutú negro de ballet, pero también la luz del sol, las varitas mágicas y su conejo rosa Pinky. Cuando llega el momento de empezar el cole, Isadora no sabe a cuál debe ir: ¿al de hadas o al de vampiros?

Isadora Moon va de excursión:

Isadora y su familia se van a acampar junto al mar. Dormir en una tienda de campaña, encender una hoguera, hacerse amiga de una sirena... ¡todo es especial cuando está Isadora!

Isadora Moon va al ballet:

A Isadora le gusta el ballet, especialmente cuando se pone su tutú negro, y está deseando ver una actuación de verdad en el teatro con toda su clase. Pero, cuando se abre el telón, ¿dónde está Pinky?

Isadora Moon celebra su cumpleaños:

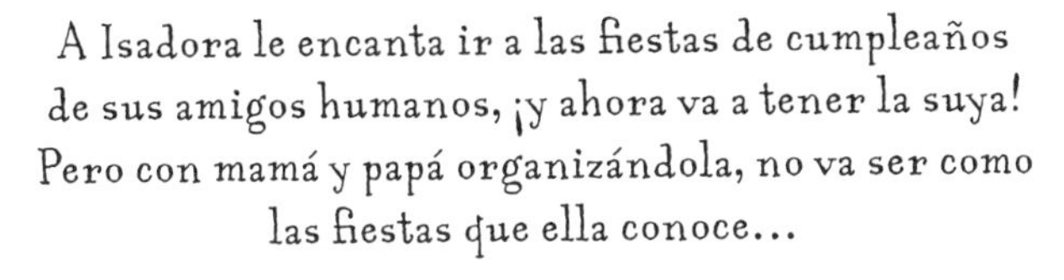

A Isadora le encanta ir a las fiestas de cumpleaños de sus amigos humanos, ¡y ahora va a tener la suya! Pero con mamá y papá organizándola, no va ser como las fiestas que ella conoce...

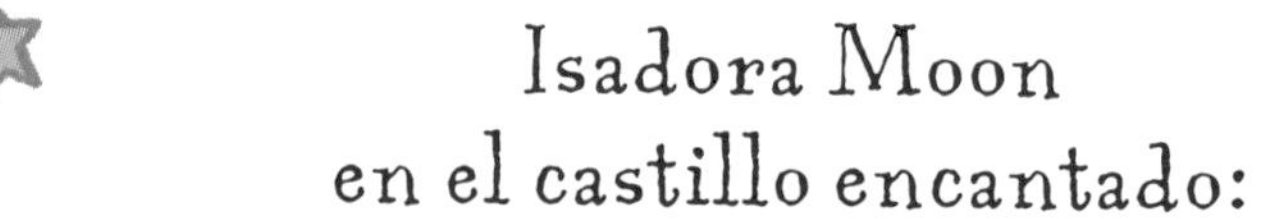

Isadora Moon en el castillo encantado:

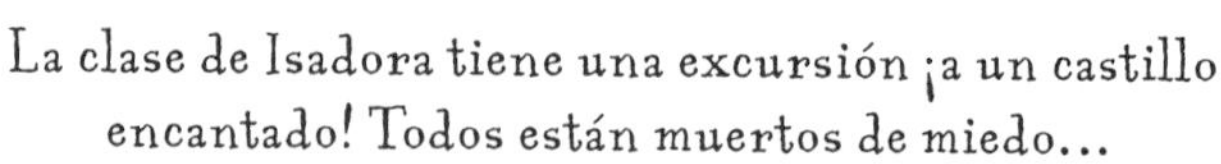

La clase de Isadora tiene una excursión ¡a un castillo encantado! Todos están muertos de miedo... ¿Y si encuentran un fantasma? Isadora les enseñará que hay cosas que no asustan tanto cuando las conoces.

Isadora Moon se mete en un lío:

Cuando llega el día de «Trae tu mascota al colegio», Isadora quiere llevar a Pinky, pero su prima mayor Mirabella tiene un plan mejor... ¿Por qué no llevar un dragón? ¿Qué podría salir mal?

Harriet Muncaster: ¡esa soy yo!
Soy la escritora e ilustradora de
Isadora Moon. ¡Sí, en serio!
Me encanta todo lo pequeñito,
todo lo que tenga estrellas
y cualquier cosa que brille.